지난 한 해
베풀어주신 은혜에 감사드립니다.

새해에는 더욱 건강하시고
가정에 사랑과 행복이 가득하시길 기원합니다.

_____ 드림

행복한
아침

12달의 의미

1월: 마음 깊은 곳에 머무는 달

2월: 홀로 걷는 달

3월: 마음을 움직이게 하는 달

4월: 생의 기쁨을 느끼게 하는 달

5월: 오래전에 죽은 자를 생각하는 달

6월: 말없이 거미를 바라보게 되는 달

7월: 사슴이 뿔을 가는 달

8월: 다른 모든 것을 잊게 하는 달

9월: 작은 밤나무의 달

10월: 큰 바람의 달

11월: 모두 다 사라진 것은 아닌 달

12월: 침묵하는 달 또는 무소유의 달

인디언들이 12달에 붙인 이름입니다.
자연과 더불어 살다보면
누구나 시인이 되고 철학자가 되나 봅니다.

사물이나 자연현상에 이름을 붙이는 것은
특별한 의미를 부여하는 것이고,
의미를 부여한다는 것은
마음을 주고 정성을 쏟는다는 뜻입니다.

우리도 1년 12달, 365일에
나만의 특별한 이름을 붙여보는 것은 어떨까요?

좋은 사람 감별법

'웨이터 룰waiter rule'이라는 말이 있습니다.
미국 경영자들 사이에서 회자되고 있는 말로,
전문 경영인을 채용하거나 사업 파트너를 결정할 때
사용하는 일명 '좋은 사람 감별법'입니다.
이력서나 평판만으로 됨됨이를 가늠하기 어려울 때
그 사람과 식사를 같이 하면서 평가하는 방법입니다.
웨이터나 종업원을 대하는 태도를 살펴보는 것이
이 평가의 핵심입니다.

웨이터나 종업원을 함부로 대하는 사람은
절대 사업 파트너로 선택하지 않는다고 합니다.
사회적 지위가 낮은 이에게 함부로 하는 사람이라면

자신이 가진 힘이나 위치에 따라서
얼마든지 파트너도 배신할 수 있다고 보는 것입니다.
최근에는 이성 파트너를 선택할 때도
웨이터 룰을 활용한다고 합니다.

미국에 '웨이터 룰'이 있다면
한국에는 '캐디 룰caddie rule'이 있습니다.
우리나라 경영자들은 레스토랑 대신
골프장에서 라운딩을 함께하면서
상대방의 매너와 캐디를 대하는 태도를 살펴본다고 합니다.

사람의 본성은 타인을 대하는 태도를 통해서 나타납니다.
특히 자신이 '갑'의 위치일 때
'을'의 입장을 이해하고 존중할 줄 아는 사람,
그 사람이 바로 좋은 사람입니다.

타인을 배려하는 마음은
가장 기본적인 인간에 대한 예의입니다.

벨라 피구라

'벨라 피구라La Bella Figura'라는 말이 있습니다.

아름다운 모습을 뜻하는 이탈리아 말입니다.

그런데 이 벨라 피구라의 대표적인 인물이

이삼십 대의 젊고 아름다운 여성이 아닌

이탈리아 라퀼라 시에 사는 마리아 할머니랍니다.

2009년 98세였던 마리아 할머니는

라퀼라 시에 대지진이 발생했을 때

무너진 건물에 갇혔다가 30시간 만에 극적으로 구조됐습니다.

구순의 할머니가 30시간 만에 구조된 것도 기적인데,

할머니는 구조되기 전까지 무너진 건물 잔해 속에서

평소처럼 뜨개질을 하고 있었다고 합니다.

이탈리아 사람들은

죽음과 마주한 공포의 순간에도

평상심을 잃지 않은 마리아 할머니에게서

진정한 용기와 아름다움을 발견해낸 것입니다.

마리아 할머니로 인해 벨라 피구라는

'변치 않는 아름다움'의 대명사가 되었습니다.

모래에 새긴 글, 바위에 새긴 글

사막을 여행하는 두 친구가 있었습니다.
여행 도중에 두 사람은 사소한 일로 다투게 되었고
한 친구가 흥분해서 다른 친구의 뺨을 때렸습니다.
뺨을 맞은 친구는 저항하지 않고
말없이 모래 위에 글을 적었습니다.

'내 친구가 나의 뺨을 때렸다.'

하지만 그 글은
모래바람이 불어와서 이내 지워지고 말았습니다.

여행을 계속하던 두 친구는 마침내 오아시스를 발견했고

물웅덩이에 들어가 씻기로 했습니다.

그런데 뺨을 맞았던 친구가 물웅덩이를 향하다가

모래 늪에 빠지고 말았습니다.

그때 뺨을 때렸던 친구가 달려와서 손을 잡아주었고,

친구의 도움으로 늪을 빠져나온 친구는

이번에는 바위에 글을 새겼습니다.

'내 친구가 내 생명을 구해주었다.'

다른 친구가 물었습니다.

"이보게, 내가 때렸을 때는 모래에 글을 쓰더니

이번에는 왜 바위에다 새기는 건가?"

그러자 친구가 대답했습니다.

"괴롭고 힘든 일은 모래에 적어야지.

그래야 모래바람이 불어와서 지워버릴 테니까.

대신 고마운 일, 은혜를 입은 일은

바위에 새겨야 해. 영원히 지워지지 않게…."

우리는 이와는 반대로 살아가는 것 같습니다.

괴롭고 힘든 일은 가슴에 새기고,

고마운 일은 짧은 기억에 의존하고….

가슴에 새긴 글은 바위보다 강합니다.

한 번 새기면 결코 지워지지 않는 그곳에

누군가는 상처와 분노를 새기고

누군가는 감사와 행복한 기억을 새깁니다.

충전의 시간

세계 최대의 재산가였던 존 D. 록펠러.

그는 매일 낮 12시가 되면 사무실에서

한 시간 동안 낮잠을 자는 습관을 가지고 있었는데,

그 시간에는 대통령도 통화를 할 수 없었다고 합니다,

마이크로소프트사를 창업한 빌 게이츠는 회장 시절,

회사의 미래 전략 구상과 아이디어 연구를 위해

1년에 두 번씩 '생각주간think week'을 가졌습니다.

'생각주간' 동안 호숫가에 위치한 자신의 별장에 은둔해

각종 보고서를 읽으며 사업구상을 가다듬곤 했습니다.

벌목장에서 두 사내가 도끼로 나무를 베어내고 있었습니다.

한 사내는 일초도 쉬지 않고 도끼질을 해댔고,

다른 한 사내는 한 시간 간격으로 잠깐씩 쉬었다가

다시 도끼질을 하곤 했습니다.

그런데 쉬지 않고 도끼질을 했던 사내보다

쉬엄쉬엄 도끼질을 했던 사내의 벌목량이 훨씬 많았습니다.

이유는 간단했습니다.

중간 중간 휴식을 취했던 사내는 쉬는 동안

도끼날을 벼르고 뭉친 근육을 풀어주며

충전의 시간을 가졌던 것입니다.

휴식은 멈춤이 아닙니다.

그것은 더 힘찬 전진을 위한 충전입니다.

공감력共感力 훈련

"그 사람의 신발을 신고 오랫동안 걸어보기 전까지는
그 사람을 판단하지 말라."
인디언 속담입니다.
그 사람의 입장이 되어보기 전에는
함부로 상대방을 평가하거나 재단하지 말라는 뜻입니다.

캐나다 토론토의 초등학교에서는 3주에 한 번씩
〈공감의 뿌리〉라는 수업을 진행한다고 합니다.
아직 첫돌이 지나지 않은 어린아이를 교실로 초대해서
학생들이 그 아이의 기분을 맞춰보게 하는 수업입니다.
한 번쯤 나오는 전혀 다른 처지에 있는
타인의 입장과 마음을 생각해 보게 만드는,

이른바 '공감력 훈련 프로그램'입니다.

다행히 우리 인간은 남의 행동을 보는 것만으로도
자신이 행동할 때처럼 똑같이 반응하는 신경세포인
'거울 뉴런mirror neuron'을 가지고 태어난다고 합니다.
누구나 타인과 공감할 수 있는 선천적인 능력을 타고났고,
조금만 신경 쓰고 배려한다면 누구나
공감의 달인이 될 수 있다는 얘기입니다.

2013년, 학술지 〈사이언스〉에는
'문학성이 높은 소설을 읽으면
타인에게 공감하는 능력이 향상된다.'는
연구결과가 실렸습니다.

관계가 꼬이고 틀어질 때마다
명작 소설 한 편을 읽어 보는 건 어떨까요.

서툰 메모가 머리를 이긴다

대통령이자 명 연설가였던 링컨은
메모를 하기 위해서 긴 모자를 애용했고
모자 속에 항상 연필과 종이를 넣고 다녔다고 합니다.

천재 발명가로 불리는 에디슨도 메모광이었습니다.
그가 남긴 메모 노트가 무려 3,400권에 이릅니다.

낭만파 음악의 최고봉으로 인정받는 슈베르트는
악상이나 특별한 영감이 떠오를 때면
식당의 식단표는 물론이고 심지어 옆 사람의 등에까지
메모를 남겼다고 합니다.

'둔필승총鈍筆勝聰'이라는 말이 있습니다.

'둔한 붓이 총명함을 이긴다'는 뜻으로

총명한 머리보다 서툰 메모와 기록이 낫다는 말입니다.

메모에는 특별한 힘이 있습니다.

단순히 글을 쓰는 행위에 그치는 것이 아니라

정보를 수집하고 분석하는 활동을 동반하기 때문입니다.

메모를 생활화하면 기억을 지배하게 되고

그것이 습관화되면

그 사람의 인생까지 지배하게 됩니다.

승리하게 되는 사람…

세계적인 골퍼 아놀드 파머의 집에
오랫동안 경쟁관계였던 잭 니클라우스가 찾아왔습니다.
잭 니클라우스는 낡고 초라한 우승컵 하나를 발견하고는
아놀드 파머에게 물었습니다.
"그동안 받은 수많은 우승 트로피는 다 어디에 둔 거요?"

그 질문에 아놀드 파머는 이렇게 답했습니다.
"이게 내가 가진 트로피의 전부입니다. 그동안 수백 개의
트로피를 받았지만 나에게 의미 있는 건 여기 있는 이 트로
피뿐이랍니다. 프로선수가 되고나서 처음 출전한 대회에서
받은 우승컵인데, 저는 힘들 때마다 그 트로피에 새겨진 글
귀를 보면서 마음을 다잡곤 한답니다."

그 우승 트로피 하단에는
다음과 같은 글귀가 새겨져 있었습니다.

"만약 당신이 패배했다고 생각하면
당신은 패배한 것이다.
만약 당신이 패배하지 않았다고 생각하면
당신은 패배한 것이 아니다.
인생의 전쟁은 강한 사람이나 빠른 사람에게
항상 승리만을 안겨주지는 않는다.
조만간 승리하게 되는 사람은
자기가 할 수 있다고 생각하는 사람이다."

낡고 오래된 우승컵을 바라보며 초심을 되새기고,
긍정의 마인드를 끊임없이 일깨웠던 아놀드 파머.
그가 전설로 남을 수 있었던 비결이 거기에 있었습니다.

천국의 문

평생을 구두쇠로 살아온 부자가
다음 생을 위해 새로운 삶을 살기로 결심했습니다.
사후에 천국에서 행복을 누리고 싶었던 것입니다.

그는 목숨처럼 아껴 모은 전 재산을 이웃에게 나눠주고
이슬람 성지 메카로 순례를 떠났습니다.
그 길은 생각했던 것보다 멀고도 험난한 여정이었습니다.
하지만 그는 놓치지 않고 하루에 다섯 번씩 기도를 올렸고
라마단 기간에 행하는 금식도 잘 이겨냈습니다.

바그다드 시장을 지날 때는 추운 겨울이었습니다.
지칠 대로 지친 그에게 한겨울 시장 골목에서 노숙은

견디기 어려운 고통이었습니다.
마침 길고양이 한 마리를 발견한 그는
고양이를 품에 안고 동사를 면할 수 있었습니다.

오랜 순례 끝에 마침내 메카에 도착한 그는
마지막 기도를 올리고 죽음을 맞이했습니다.
그의 소원대로 눈앞에 천국의 문이 펼쳐져 있었습니다.
기쁨에 들뜬 그가 천국 문지기에게 물었습니다.
"제가 이렇게 천국에 온 것은 열심히 기도한 덕분이겠죠?"
문지기는 아니라고 답했습니다.
"그럼 전 재산을 이웃들에게 나눠줬기 때문인가요?"
이번에도 문지기는 아니라고 했습니다.
"그럼 도대체 무엇 때문에 제게 천국의 문이 열린 것이요?"
그러자 문지기는 미소를 지으며 말했습니다.
"당신이 시장에서 길고양이를 따뜻하게 안아줬기 때문이오.
추위에 떨고 있던 고양이의 고통을 덜어준 덕분에
당신에게 천국의 문이 열리게 된 것이오."
"그건, 제가 너무 추워서 고양이를 껴안은 것인데…."

문지기는 이렇게 말했습니다.

"그때만큼은 당신이 천국을 의식하지 않은 순간이었소."

무언가를 의식하며 행동한다는 건

그 행동에 대한 대가를 기대하는 것으로

결코 순수하지 않은 감정입니다.

그 무엇도 의식하지 않은 순수한 마음은

이미 그 자체만으로도 천국의 평화와 행복이지 않을까요?

단순한 삶

"비워야 채울 수 있다."
물건이든 사람이든 공간이든, 새로운 것으로 채우려면
반드시 비우는 작업이 선행되어야 한다는 말입니다.

어떻게 해야 잘 비우고 잘 채울 수 있을까요?

잘 비우고 잘 채우는 것을 '정리의 기술'이라 부릅니다.
정리의 기술은 두 가지가 핵심인데,
그 하나는 필요 없는 것들을 과감하게 버리는 것이고,
다른 하나는 필요한 것을 제 자리에 맞게 배치하는 것입니다.

필요한 것과 필요 없는 것을 구분하는 기준은 무엇일까요?

『인생이 빛나는 정리의 마법』의 저자 곤도 마리에는

'설레지 않는 물건은 과감히 버려라.'라고 말합니다.

설렘은 미래지향적인 것이며, 미련은 과거집착 형입니다.

버리기에는 아깝고 언젠가는 쓸 것 같다는 미련 때문에

당장 정리하지 못하는 것들은 결국 우리의 발목을 잡아

미래가 아닌 과거에 묶어둔다고 그는 주장합니다.

『청소력』의 저자 마스다 미스히로는

'버리지 않으면 새로운 것도 들어오지 않고

새로운 운명도 오지 않는다.'고 말합니다.

비워야 채울 수 있는 것은 물건만이 아닙니다.

마음도, 사람과의 관계도, 나를 둘러싼 환경도,

비우고, 내려놓고, 정리할 수 있을 때 비로소

새로운 생각, 새로운 사람, 변화된 환경으로 채울 수 있는

것입니다.

정리란, 어지럽고 복잡하게 얽힌 것들을
단순하고 명료하게 만드는 일입니다.
그것은 단순한 청소를 넘어 삶의 효율을 따지는 문제이며,
불규칙하고 무원칙한 생활습관에 원칙과 기준을 세우는 일,
흐트러진 우리 삶을 바로잡는 첫 단추인 것입니다.

먼 길을 가려면 가방이 가벼워야 합니다.
전문 산악인들도 높은 산을 오를 때는
베이스캠프에 잡다한 짐들을 부려놓고
생존을 위한 최소한의 것들로만 마지막 배낭을 꾸립니다.
가방이 무거워서 중도에 주저앉을 수는 없기 때문입니다.

생각도, 관계도, 주변 공간도
단순하게 정리해 보는 시간이 필요합니다.

진정한 경쟁력

'케첩'하면 떠오르는 브랜드 '하인즈'.
지금은 글로벌 브랜드로 성장한 식품회사 하인즈도
위기의 순간이 있었습니다.

제품에 들어가는 식품 첨가제에서
인체에 유해한 유독 성분이 검출된 것입니다.
다행히 내부 검사 결과에서 발견된 사실이었지만
최고 경영자인 헨리 하인즈는 깊은 고민에 빠졌습니다.
첨가제를 빼면 당장 제품의 신선도를 보장할 수 없었고,
그렇다고 당장 사실을 공개하자니
회사 경영에 엄청난 타격을 줄 것이 뻔했기 때문입니다.
임원진을 소집해서 긴급 회의를 열었지만

뾰족한 대안을 찾을 수는 없었습니다.

헨리 하인즈는 고심 끝에 정공법을 선택했습니다.
사실을 공개하고 새로운 첨가제를 사용하기로 한 것입니다.
언젠가는 밝혀질 일이었고
더 이상 소비자를 기만할 수는 없었습니다.

공식 발표가 나가자 시장이 발칵 뒤집혔습니다.
특히 경쟁 업체들은 기다렸다는 듯이 앞장서서
하인즈를 비난하며 벼랑 끝으로 내몰았습니다.
예상했던 대로 매출은 바닥으로 추락했고,
첨가제의 유해성에 대한 공방이 4년간 이어지면서
회사는 파산 직전까지 이르렀습니다.

하지만 시간이 흐르면서
진심을 알아주는 소비자들이 하나 둘 늘어나고
적대적이었던 여론도 서서히 우호적으로 돌아섰습니다.
솔직함을 선택한 그의 용기에

소비자들이 지지를 보내기 시작한 것입니다.

4년이란 시간 동안 잃어버린 경제적 손실은 하인즈에게

'믿을 수 있는 기업'이라는 값진 타이틀을 안겨주었습니다.

엄청난 시련을 겪으면서 얻어낸 기업 이미지는

곧바로 매출 신장으로 이어졌고,

미국 최고의 식품가공 회사로 거듭날 수 있었습니다.

만약 하인즈가 솔직한 공개를 선택하지 않았다면

회사는 당장의 위기를 피해갈 수 있었겠지만

끝내 소비자의 신뢰는 얻을 수 없었을 것입니다.

"용기란 두려움이 없는 것이 아니라

두려움에 맞서 저항하고 정복하는 것이다."

마크 트웨인의 말입니다.

글로벌 식품회사 하인즈의 진정한 경쟁력은

두려움을 극복하고 솔직함을 선택한

헨리 하인즈의 용기였습니다.

행복지수의 비밀

경제적으로 문화적으로 낙후된 땅, 아프리카.
하지만 가끔씩 언론에 등장하는 행복지수는
아프리카 사람들이 훨씬 높은 것을 보게 됩니다.

그 이유는 무엇일까요?

행복지수의 비밀을 언어에서 찾는 사람도 있습니다.
자주 쓰는 언어가 의식을 지배해서
체감하는 행복지수에 영향을 미친다는 의견입니다.

우리나라 사람들이 습관처럼 자주 쓰는 말이
'빨리 빨리'라면,

아프리카 사람들이 입버릇처럼 내뱉는 말은

'폴레 폴레pole pole'와

'하쿠나 마타타Hakuna matata'라고 합니다.

'폴레 폴레'는 '천천히 천천히'라는 뜻이고,

'하쿠나 마타타'는 '괜찮아, 다 잘 될 거야.'라는 의미입니다.

조급함이 담긴 말에는

부정적이고 불안한 심리가 숨겨져 있고,

느긋한 말에는

긍정적이고 편안한 심리상태가 담겨 있습니다.

매일 아침

'폴레 폴레'로 하루를 시작해 봅시다.

힘들고 지칠 때에는 주문처럼

'하쿠나 마타타'를 외쳐봅시다.

나를 돌아보게 하는 것들

일상에서 흔하게 볼 수 있지만
카지노에서는 볼 수 없는 세 가지가 있습니다.
그것은 거울과 시계와 창문입니다.

거울과 시계와 창문, 이 세 가지 사물은
자신을 돌아보게 만드는 특별한 힘을 가지고 있어서
카지노에서 금기하는 물건이 되었다고 합니다.
손님들이 오직 도박에만 몰두할 수 있도록 하기 위해
카지노에 이 세 가지 물건을 비치하지 않는 것입니다.

가뜩이나 중독성이 강한 도박을 하면서
자신을 돌아볼 수 있는 장치마저 없으니

일단 시작하면 적당히 즐기고 빠져나오기가 쉽지 않습니다.

일상의 중독도
도박의 중독 못지않게 위험합니다.
익숙하고 편한 것만을 좇다보면
어느 순간
어제 같은 오늘,
오늘 같은 내일을 살아가는 자신을 발견하게 됩니다.

바쁜 일상 속에서도
한 번쯤 나를 돌아보게 만드는 장치를 만들어야 합니다.
거울처럼, 시계처럼, 창문처럼…!

생명의 길

티베트 선교에만 전념한 한 선교사가 있었습니다.
주민들의 박해와 혹독한 추위 속에서도 그는
20년간 단 하루도 선교활동을 쉬지 않았습니다.

하루는 복음을 전하기 위해
눈보라가 몰아치는 고산지대를 지나가야 했습니다.
다행히 가는 길에 방향이 같은 사람을 만나
동행하게 되었습니다.

산 중턱쯤 당도했을 때
두 사람은 눈밭에 쓰러져 있는 사람을 발견했습니다.
선교사는 쓰러진 사람을 일으켜 세우며

동행자에게 부축해서 같이 가자고 했습니다.

이대로 내버려두면 얼어 죽을 것이 뻔했기 때문입니다.

하지만 동행자는 냉정하게 거절했습니다.

"당신, 제 정신이요.

제 몸 하나 가누기 힘든 이 눈보라 속에서

누구를 부축한단 말이오?

난 먼저 갈 테니 당신 알아서 하시오."

동행자는 뒤도 돌아보지 않고 그 자리를 떠났고,

선교사는 쓰러진 사람을 등에 업고 걷기 시작했습니다.

시간이 흐를수록 눈보라는 더욱 거세졌고,

죽을힘을 다해 한 걸음 한 걸음 내딛는 선교사 몸에서는

굵은 땀방울이 솟아나기 시작했습니다.

선교사의 몸에서 발생한 온기 때문인지

등에 업힌 사람도 조금씩 의식을 찾아갔습니다.

그렇게 얼마나 걸었을까요.

마침내 저 멀리 마을의 불빛들이 보이기 시작했습니다.

선교사는 마지막 젖 먹던 힘까지 쏟아냈습니다.

드디어 마을 입구에 당도했을 때

누군가 눈밭에 쓰러져 있는 것이 보였습니다.

산 중턱에서 혼자 앞서갔던 동행자였습니다.

안타깝게도 그의 몸은 이미 차갑게 굳어 있었습니다.

추위를 이기지 못하고 동사한 것입니다.

죽을 만큼 힘든 길이었지만

선교사는 쓰러진 사람을 등에 업은 덕분에

추위를 이겨내고 무사히 도착할 수 있었습니다.

빠르고 쉬운 길을 두고도

힘들고 먼 희생의 길을 선택한 선교사.

그가 선택한 길이 생명의 길이었습니다.

마지막 1%까지…

미국 북동부 뉴햄프셔 주에 위치한

해발 1,917미터의 워싱턴 산 정상 근처에는

돌로 된 표지판이 하나 세워져 있습니다.

그 표지판에는 한 여성 등산객이 체력저하로

그 자리에서 숨진 이야기가 적혀 있습니다.

안타까운 사실은

그녀가 쓰러진 곳에서 보호소까지의 거리가 불과

100보 정도에 지나지 않는다는 것입니다.

만약 100보만 더 앞으로 나아갔더라면

그녀는 살 수 있었을 테고

돌로 된 그 표지판도 생기지 않았을 것입니다.

하지만 그 사실을 알 수 없었던 그녀는

보호소 코앞에서 마지막 희망의 끈을 놓아버린 것입니다.

부모에게 많은 유산을 물려받은 한 청년이

금광을 사들였습니다.

분명 노다지를 캐낼 수 있을 것이라고 믿었던 것입니다.

하지만 몇 년 동안 금가루도 구경하지 못했습니다.

파산위기에 처한 청년은 더 버티지 못하고

그 광산을 헐값에 팔아버렸습니다.

그런데 1년 후,

청년에게 광산을 사들인 사람이 금맥을 발견했습니다.

그것도 청년이 파다가 포기한 지점에서

엄청난 양의 금맥을 찾아낸 것입니다.

뒤늦게 청년은 땅을 치며 아쉬워했지만

결코 돌이킬 수 없는 일이었습니다.

물은 99도에서는 절대 끓지 않습니다.

100도의 열이 가해졌을 때 비로소 끓어오릅니다.

우리들의 노력도 99도에서 멈추는 경우가 많습니다.

'1도만 더 끓였더라면…'

'한 걸음만 더 앞으로 나아갔더라면…'

'조금만 더 했더라면…'

'하루만 더 기다렸더라면…'

실패와 성공을 가르고,

인생의 명암을 가르는 운명적인 순간은

그 작은 차이에서 시작됩니다.

일곱 살 사마광이 깨뜨린 것?

'파옹구우破甕救友'.

'항아리를 깨서 친구를 구한다'는 뜻입니다.

북송시대의 대학자이자 『자치통감』을 저술한

사마광의 일화에서 유래된 말입니다.

사마광이 7살 때

친구들과 술래잡기를 하고 있었습니다.

술래가 눈을 감고 주문을 외우는 동안

나머지 아이들은 흩어져서 몸을 숨겼습니다.

그 중에 체구가 작은 한 아이가

마당 한쪽에 놓인 커다란 물 항아리를 발견하고

그 안으로 들어갔다가 빠지고 말았습니다.

항아리에 물이 담겨져 있었고,

당황한 아이는 항아리 안에서 빠져나오지 못하고

허우적거리며 울음을 터트렸습니다.

친구들이 달려왔지만 그 아이를 구해낼 수는 없었습니다.

주변에 어른도 보이지 않았고

그 아이는 익사하기 직전의 다급한 순간이었습니다.

그때 사마광이 어디선가 커다란 돌을 들고 와서

망설임 없이 물 항아리를 향해 내던졌습니다.

물 항아리는 보기 좋게 박살이 났고

그 덕분에 아이는 목숨을 건질 수 있었습니다.

물 항아리와 사람의 목숨 중에서

어느 것이 더 소중하냐고 묻는다면

누구나 사람의 목숨이라고 대답할 것입니다.

하지만 이와 유사한 상황에 처하게 된다면

과연 우리도 망설임 없이 항아리를 깨뜨릴 수 있을까요?

사마광이 깨뜨린 것은 물 항아리가 아닙니다.

그가 깨뜨린 것은

고정관념이란 항아리였습니다.

누구를 위해 일하는가?

사막횡단을 마친 낙타가
초원에서 한가로이 풀을 뜯고 있다가
발밑을 지나가는 개미 한 마리를 발견했습니다.
개미는 자기 몸의 열 배가 넘는 나뭇잎을 나르고 있었습니다.
그 모습이 놀랍고 신기한 듯 낙타가 개미에게 물었습니다.

"개미야, 힘들지 않니? 넌 어떻게 네 몸의 열 배나 되는 걸
나를 수 있지? 난 내 등에 붙은 주머니만으로도 힘들어서
쓰러질 것 같은데…."

그 말에 개미가 걸음을 멈추고 말했습니다.
"아니, 하나도 안 힘들어. 넌 주인을 위해 일하지만 난 나와

내 부족을 위해 일하고 있거든."

오늘 하루 우리는
누구를 위해 일하고
무엇을 위해 땀 흘린 것일까요?

오늘도 최선을 다했는가?

러시아 출신의 세계적인 바이올리니스트

나탄 밀슈타인.

그가 어린 시절 스승에게 물었습니다.

"곡 하나를 제대로 연주하려면

하루에 몇 시간이나 연습해야 합니까?"

스승은 이렇게 대답했습니다.

"생각 없이 손만 움직이면 하루 종일 연습해도 모자라지만,

하나하나 집중해서 연습하면 두세 시간이면 충분하지."

'1만 시간의 법칙'이란 말이 있습니다.

어떤 분야에서든 최고의 경지에 도달하려면

1만 시간을 투자해야 한다는 말입니다.

하루에 3시간 이상 10년을 계속하면
1만 시간이 됩니다.

그렇다고 1만 시간이 성공의 보증수표는 아닙니다.
문제는 1만 시간 동안 얼마나 집중하고
열정을 쏟아부었느냐가 중요합니다.

그것이 어떤 일이든,
우리는 오늘 하루 24시간 중에서
과연 몇 시간이나 집중하고 모든 것을 쏟아부었을까요?

남들은 몰라도 나 자신은 분명 알고 있습니다.

골프계의 전설 벤호간이 말했습니다.
"하루 연습을 쉬면 내 자신이 느끼고,
이틀을 쉬면 캐디가 알고,
삼일을 쉬면 세상이 다 알게 된다."

피카소의 두 선생님

20세기 최고의 천재 화가 파블로 피카소.
그에게는 잊을 수 없는 두 명의 선생님이 있습니다.
로어 선생님과 바르타 선생님입니다.

1학년 때,
피카소는 자주색으로 천막을 그렸다가
로어 선생님에게 야단을 맞았습니다.
자주색은 천막에 쓰이지 않는 색깔이고,
죽은 사람들에게나 쓰는 색이라는 핀잔을 들은 것입니다.
그날 이후 피카소는 그림에 대한 흥미를 잃어버렸습니다.

2학년이 되면서 미술 선생님도 바뀌었지만

피카소는 여전히 미술시간이 싫었습니다.

그러던 어느 날, 미술시간이었습니다.
바르타 선생님이 피카소 곁에 오더니
아무거나 그리고 싶은 대로 그려보라고 말씀하셨습니다.
하지만 피카소는 미술시간이 끝나가도록
아무것도 그리지 않고 하얀 종이만 올려놓고 있었습니다.
바르타 선생님이 친구들의 그림을 살펴보며
교실을 한 바퀴 돌아서 그의 자리로 다가왔을 때
피카소는 가슴이 뛰었습니다.
이번에도 혼이 날까봐 두려웠던 것입니다.
그런데 바르타 선생님은 피카소의 머리를 쓰다듬더니
부드러운 목소리로 이렇게 말씀하셨습니다.

"들판에 온통 하얀 눈이 내렸구나. 정말 멋진 그림이다!"

그때부터 피카소는 미술에 흥미를 가지게 되었습니다.

바르타 선생님의 칭찬 한 마디가
20세기 최고의 천재 화가를 탄생시킨 것입니다.

마음을 움직이고 사람을 살리는 비결,
바로 칭찬 한 마디입니다.

최악을 최고로 만든 사람들

메이저리그에서 맹활약 중인 조시 해밀턴은
메이저리그 데뷔를 앞두고 끔찍한 교통사고를 당했습니다.
등과 허리에 큰 부상을 입은 그는
처지를 비관하며 술과 마약에 빠져 방탕한 삶을 살다가
어느 날부터 마음을 고쳐먹고 다시 야구에 매진했습니다.
그 결과 다시 메이저리그 무대에 설 수 있었고,
2010년에는 133 경기에 출전해서
타율 3할5푼9리, 홈런 32, 타점 100개를 기록하며
아메리칸 리그 MVP를 차지했습니다.

뚜르 드 프랑스 사이클 경주에서
7연패의 위업을 달성한 랜스 암스트롱.

그는 고환암 진단을 받고 사이클을 포기해야만 했습니다.

한쪽 고환을 잃어야 했고, 암이 뇌까지 전이된 상태여서

뇌의 일부를 드러내는 큰 수술을 받았지만

그는 다시 사이클을 탔고,

지옥의 레이스라 불리는 뚜르 드 프랑스 대회에서

우승을 차지했습니다.

세계적인 축구 영웅 리오넬 메시는 열한 살 때,

성장 호르몬의 이상으로 더 이상 키가 자랄 수 없다는

충격적인 소식을 들어야 했습니다.

170cm가 안 되는 단신은

축구선수로서 치명적인 핸디캡이었지만

메시는 그것을 더 강한 선수가 되는 계기로 만들었습니다.

더 빠르고, 누구에게도 볼을 빼앗기지 않고,

어떤 상황에서도 골을 넣을 수 있는 기술을 연마하여

세계 최고의 선수가 된 것입니다.

아침이 경이로운 것은

긴 밤이 있었기 때문입니다.

밤은 어떤 이에게 두려움의 시간이 될 수도 있지만

어떤 이에게는 다가올 아침을 준비하는

가슴 설레는 시간이기도 합니다.

지금 당장 실천할 수 있는 것의 가치

어느 마을에 구두쇠로 소문난 부자가 살았습니다.

하루는 그 부자가 마을의 성인을 찾아가서

마을에서 자신에 대한 평판이 왜 나쁜지에 대해 물었습니다.

"저는 사후에 전 재산을 마을에 내놓겠다고 했는데도

왜 사람들은 여전히 저를 지독한 구두쇠라고 손가락질하는

지 모르겠습니다."

그러자 성인은 그 부자에게 대답 대신

돼지와 암소 이야기를 들려주었습니다.

어느 날 돼지가 이웃에 사는 암소를 찾아와 물었습니다.

"나는 죽어서 고기는 물론 뼈다귀까지 온몸을 내주는데도

고작 우유만을 주는 너보다도 왜 사람들의 사랑을 받지 못

하는 걸까?"

돼지의 질문에 암소는 이렇게 대답했습니다.

"비록 작은 것이지만 나는 살아있는 동안 내어주고,

너는 죽은 뒤에야 내놓기 때문이 아닐까?"

이야기를 마친 성인이 한마디 덧붙였습니다.

"지금 행하는 작고 사소한 일이

나중에 하겠다고 약속하는 큰일보다 더 소중하답니다"

지금 할 수 있는 작은 것들을 실천하는 사람이

나중에 큰일도 도모할 수 있습니다.

사랑도, 행복도, 나눔도,

크기를 떠나서 지금 당장 실천할 수 있는 것이

그 어떤 약속보다 소중하고 가치 있는 일입니다.

세상 사람들이 기억하는 이름

20년 동안 잡동사니 같은 글만 쓴다는 혹평에 시달렸던
러시아의 작가,
그의 이름은 도스토예프스키였습니다.

NBA 시절 9천 번의 슛을 실패하고
3천 번 이상 경기에서 패배를 맛봐야했던 농구 선수,
그의 이름은 마이클 조던이었습니다.

수많은 의상 디자이너들로부터
"당신은 절대로 패션 디자이너가 될 수 없다."는
충격적인 말을 들어야 했던 한 청년,
그의 이름은 패션계의 전설 크리스찬 디오르입니다.

손님들이 남긴 음식으로 주린 배를 채우던 웨이터에서
20세기 최고의 펀드매니저로 우뚝 선 남자,
그의 이름은 조지 소르스입니다.

가난이라는 구렁텅이에서 절망하고 독약까지 마셨던 남자,
세상에서 가장 큰 중국 음식점 '하림각'의 사장이 된 남자,
그의 이름은 남생해입니다.

그들에게 실패와 고난이 없었다면,
그리고 그것을 뛰어넘지 못하고 주저앉았다면,
세상은 결코 그들을 기억하지 못했을 것입니다.

티끌과 들보

어느 마을에 빵을 만들어 파는 빵장수와
그 빵집에 매일 버터를 공급하는 농부가 살았습니다.

어느 날 납품되는 버터를 살펴보던 빵장수는
버터가 정량보다 조금 모자라는 것을 발견했습니다.
화가 난 빵장수는 버터를 납품하는 농부를 고발하고
변상을 요구했습니다.

마침내 재판이 열렸고,
농부는 피고인 신분으로 법정 진술을 했습니다.
그 과정에서 놀라운 사실이 밝혀졌습니다.
버터를 공급했던 농부의 집에는 저울이 없었습니다.

그래서 농부는 저울 대신

빵장수가 만든 1파운드짜리 빵의 무게에 맞춰서

버터를 자르고 포장해서 납품했던 것입니다.

농부가 고의적으로 중량을 속인 것이 아니라

오히려 빵장수가 이익을 더 남기기 위해

1파운드짜리 빵의 규격을 줄인 사실이 드러난 것입니다.

농부는 그것도 모른 채 빵의 중량을 기준으로

버터를 만들어서 납품했던 것입니다.

현명한 재판관 덕분에 농부는 풀려났고

빵의 중량을 속인 빵장수는 처벌을 받았습니다.

남의 눈에 든 티끌을 탓하기 전에

내 눈부터 살펴봅시다.

티끌을 방치하면 금세 들보가 됩니다.

가장 모욕적인 순간

우리가 세상을 살아가는 동안
가장 모욕적이라고 느끼는 순간은 언제일까요?

히말라야에 사는 사람들은 주위 사람들로부터
'화를 잘 내는 사람'이라는 말을 듣는 것을
가장 모욕적인 순간으로 여긴다고 합니다.
화를 잘 내는 사람이라는 것은
자신의 마음 하나 다스리지 못하는
어리석은 존재를 의미하기 때문입니다.
미성숙한 인격자로 평가받는 것을
가장 모욕적으로 느끼고 경계한 것입니다.

인도의 성자 마하트마 간디는 이렇게 말했습니다.

"자신이 옳다면 화낼 필요가 없고

자신이 틀렸다면 화낼 자격이 없다."

『플루타르크영웅전』에서는

'분노를 억누르지 못하는 건 수양이 부족하기 때문이며,

무절제의 표식'이라고 얘기합니다.

하지만 세상을 살아가면서

화를 내지 않고 살기란 결코 쉽지 않습니다.

다만 화를 내야 할 때와

참아야 할 때를 가려서 행동해야 하며,

화를 다스리는 자신만의 방법을 가져야 하는 것입니다.

에스키모로 불리는 이누이트 족은

화가 치밀어 오를 땐 화가 풀릴 때까지

무작정 걷는다고 합니다.

화가 풀릴 때까지 걷다가 마음이 누그러지면
그곳에 표식을 남기고 돌아오는 것입니다.

화를 다스리는 건
인격을 닦는 일입니다.

인생 최고의 전성기

'살아있는 재즈의 전설'로 불리는
퀸시 존스Quincy Jones에게 물었습니다.

"당신의 인생에서 최고의 전성기는 언제였습니까?"
그가 대답했습니다.

"Tomorrow."

나이는 숫자에 불과하다는 말은
퀸시 존스를 위한 말 같습니다.

노인과 젊은이가 따로 있는 것이 아닙니다.

내일보다 어제를 추억하는 사람이 노인이고,

추억보다 내일의 꿈을 이야기하는 사람이 바로

젊은이입니다.

여러분의 전성기는 언제입니까?

행복한 아침

엮은이 | 곽동언
펴낸이 | 우지형

인　쇄 | 하정문화사
재　본 | 동호문화
일러스트 | 박윤희
디자인 | Gem

펴낸곳 | 나무한그루
주　소 | 서울시 마포구 독막로 10, 성지빌딩 713호
전　화 | (02)333-9028　**팩스** | (02)333-9038
E-mail | namuhanguru@empal.com
출판등록 | 제313-2004-000156호

값 3,800원

이 도서의 국립중앙도서관 출판시도서목록(CIP)은
서지정보유통지원시스템 홈페이지(http://seoji.nl.go.kr)와
국가자료공동목록시스템(http://www.nl.go.kr/kolisnet)에서 이용하실 수 있습니다.
(CIP제어번호: CIP2015025624)